Chinesisches Qigong für die Gesundheit

Yi Jin Jing

Zusammengestellt von der Chinesischen Gesellschaft
für Gesundheit und Qigong

Verlag für fremdsprachige Literatur Beijing

Erste Auflage 2008

Übersetzung: Dorian Liedtke
Lektorat: Ren Shuyin

ISBN 978-7-119-05430-8
©Verlag für fremdsprachige Literatur

Herausgeber:
Verlag für fremdsprachige Literatur
Baiwanzhuang-Str. 24, 100037 Beijing, China
Homepage: www.flp.com.cn

Vertrieb:
China International Book Trading Corporation
Chegongzhuang Xilu 35, Postfach 399, 100044 Beijing, China

Vertrieb für Europa:
CBT China Book Trading GmbH
Max-Planck-Str. 6A, D-63322 Rödermark, Deutschland
Homepage: www.cbt-chinabook.de
E-Mail: post@cbt-chinabook.de

Druck und Verlag in der Volksrepublik China

Vorwort

Yi Jin Jing (Übungen zur Stärkung von Sehnen und Muskeln) ist eine Gruppe von Übungen für Gesundheit und Fitness, die seit der chinesischen Antike übermittelt wurde. *Chinesisches Qigong für die Gesundheit – Yi Jin Jing* ist Teil der Serie *Neue Qigong-Übungen für die Gesundheit* und wurde von dem Chinesischen Verband für Gesundheit und Qigong zusammengestellt und herausgegeben.

Chinesisches Qigong für die Gesundheit – Yi Jin Jing beruht auf den 12 traditionellen Übungen des Yi Jin Jing und beinhaltet auch dieselben Bezeichnungen und Schwerpunkte der ursprünglichen Übungen. Theorie, Übungen und Wirkungen wurden auf die solide Grundlage der Kenntnisse über Qigong für Gesundheit und Fitness, der traditionellen chinesischen Medizin und anderer verwandter Felder der Wissenschaft gestellt.

Chinesisches Qigong für die Gesundheit – Yi Jin Jing besteht aus sanften und gleichmäßigen Bewegungen, die einen anmutigen Charme ausstrahlen. Der Schwerpunkt der Übungen liegt auf dem Drehen und Biegen der Wirbelsäule, das zur Kräftigung der Gliedmaßen und der inneren Organe beiträgt. Es konnte nachgewiesen werden, dass diese Bewegungen Gesundheit und Fitness verbessern, Krankheiten abwehren, das Leben verlängern und den Intellekt fördern. Die Ausübung von Yi

Jin Jing hat insbesondere auf die Atemwege, die Flexibilität, den Gleichgewichtssinn und die Muskelkraft beeindruckende Auswirkungen. Darüber hinaus kann Yi Jin Jing Erkrankungen der Gelenke, des Verdauungssystems, des Herzkreislaufsystems und des Nervensystems heilen oder ihnen vorbeugen.

Yi Jin Jing erfordert von dem Trainierenden, dass er seinen Geist vollständig entspannt. Die Übungen umfassen die Integration von Geist und Körper, natürliche Atmung, sanfte, mit Kraft durchzogene Bewegungen und ein Wechselspiel von Substanziellem und Substanzlosem. Die leicht zu erlernenden und durchzuführenden Übungen haben beeindruckende Auswirkungen auf Gesundheit und Fitness und können von allen Altersgruppen praktiziert werden.

Inhalt

Kapitel I
Ursprung und Entwicklung

Es wird vermutet, dass die Übungen des Yi Jin Jing ihren Ursprung in primitiven schamanistischen Ritualen haben. Die früheste Beschreibung der Übungen findet sich in dem nahezu 2000 Jahre alten Werk *Bibliografische Abhandlung – Geschichte der Han-Dynastie* (汉书—艺文志). In den 1970er Jahren wurde in einem antiken Grab in der zentralchinesischen Stadt Changsha eine Brokatmalerei mit dem Titel *Diagramme für körperliche Übungen und Atemübungen entdeckt.* Auf ihr sind über 40 Illustrationen von Übungen zu sehen, in denen die Prototypen der grundlegenden Bewegungen der Übungen des heutigen Yi Jin Jing zu erkennen sind.

Es wird weithin angenommen, dass Yi Jin Jing von dem aus Indien stammenden buddhistischen Mönch Bodhidharma entwickelt wurde, der auch der Begründer der Tradition der Kampfkunst der Shaolin ist. Es ist überliefert, dass Bodhidharma im Jahr 526 n. Chr. bei dem Shaolin-Tempel im Songshan-Gebirge in der zentralchinesischen Provinz Henan eintraf. Nach der Legende war er auch Begründer des Zen-Buddhismus und führte die buddhistische Praxis des Dhyanas, der tiefen Meditation, ein. Die Mönche des Shaolin-Tempels spielten bei der Evolution des Yi Jin Jing eine bedeutende Rolle. Da

Dhyana langes und ruhiges Sitzen erfordert, begannen die Mönche Kampfsport (Wushu) zu trainieren, um ihre Körper nach der Meditation zu lockern.

Während der Song-Dynastie (960–1279) erschien eine Reihe von Arbeiten zu Yi Jin Jing. Darunter befand sich auch das Werk *Das Beste der daoistischen Doktrin*, das auf Anordnung des damaligen Kaisers von Zhang Junfang zusammengestellt wurde.

Die älteste Abhandlung über die modernen, aus 12 Bewegungen bestehenden Übungen findet sich in den *Illustrationen für innere Übungen* (内功图说), die im Jahr 1858 während der Qing-Dynastie von Pan Wei verfasst wurde.

Da traditionelles Yi Jin Jing stark auf der Theorie der Fünf Elemente – Metall, Holz, Wasser, Feuer und Erde – aus der traditionellen chinesischen Medizin beruht, haben sich verschiedene Schulen des Yi Jin Jing entwickelt, die diesen Aspekt in zahlreichen Werken betonen.

In *Chinesisches Qigong für die Gesundheit – Yi Jin Jing* wurden die besten Bestandteile der 12 traditionellen Übungen des Yi Jin Jing mit einem modernen wissenschaftlichen Ansatz verbunden. Die Bewegungsabläufe sind fortlaufend und zusammenhängend und betonen das Strecken der Sehnen und Beugen der Knochen, wobei sie Sanftheit mit Kraft kombinieren. Ein bedeutender Teil der Übungen besteht aus natürlicher Atmung. Unterstützt durch die Ruhe des Geistes, soll so eine möglichst ungehemmte Zirkulation der Lebensenergie ermöglicht werden.

Kapitel III
Tipps für die Praxis

Die Integration von Geist und Körper

Yi Jin Jing sollte bei entspanntem Geist und in friedlicher Stimmung praktiziert werden. Die Übenden müssen keine der Bewegungen speziell mit dem Verstand einleiten. Auch müssen sie sich nicht auf die betroffenen Körperteile konzentrieren. Vielmehr folgt der Verstand den Bewegungen und sollte im Rahmen des Bewegungsablaufs mit der Zirkulation des Qi koordiniert werden.

Allerdings ist Konzentration bei einzelnen Bewegungen erforderlich. So sollte die Konzentration während der Übung ‚Wei Tuo präsentiert den Stab 3‘ auf den Handflächen liegen. Wei Tuo, auch Skanda genannt, ist übrigens der Name eines buddhistischen Tempelwächters. Bei dem vierten Bewegungsablauf, der Übung ‚Einen Stern pflücken und einen Sternhaufen austauschen‘, sollte die Konzentration auf dem Akkupunkt Mingmen an der hinteren Taille liegen, während der Blick auf die obere Handfläche gerichtet ist. Im Verlauf der Übung ‚Der schwarze Drache zeigt seine Klauen‘ muss die Konzentration ebenfalls auf die Handflächen gerichtet werden. Andere Bewegungen erfordern Vorstellungskraft und nicht Bewusstsein. Solche Bewegungen kommen in den Übungen ‚Drei Teller fallen zu Boden‘, ‚Seine Klauen zeigen und die Flügel spreizen', ‚Neun Kühe an ihren Schwänzen ziehen' und ‚sich zum Gruße verbeugen' vor und sollten mit einem entspannten Geist und nicht mit starker Konzentration vollzogen werden.

Natürliche Atmung

Um Geist und Körper zu entspannen, den Verstand zu beruhigen und die Bewegungen des Körpers zu koordinieren, ist eine sanfte und leichte Atmung notwendig. Unnatürliches Atmen irritiert den Verstand und stört das Gleichgewicht und die Koordination der Bewegungen.

Freies und unbehindertes Einatmen ist besonders beim Anheben der Hände während der Übung ‚Wei Tuo präsentiert den Stab 3' und beim Strecken der Arme und des Brustkorbs bei der ‚Übung Neun Geister ziehen Schwerter' erforderlich, während natürliches Ausatmen beim Entspannen der Schultern in dieser Übung sowie beim Zurückziehen der Arme in der Übung ‚Neun Kühe an ihren Schwänzen ziehen' und beim Nachvornedrücken der Handflächen in ‚Seine Klauen zeigen und die Flügel spreizen' notwendig ist, da der Brustkorb während dieser Bewegungen gestreckt und zusammengezogen wird und dies ungehemmt und vollständig möglich seien sollte.

11

Sanftheit in der Härte oder das Wechselspiel von Substanziellem und Substanzlosem

Sanftheit und Härte wechseln einander im Verlauf der Praxis der Bewegungen ab. Durch Anspannung und Entspannung zeigen sie die dialektische Beziehung der Einheit von Gegensätzen, wie sie auch in der Interaktion von Yin und Yang zu sehen ist, den beiden in der traditionellen chinesischen Medizin beschriebenen gegensätzlichen aber interaktiven Aspekten des Körpers. Verschiedene Bewegungen der

Übungen erfordern von den Übenden, sich nach der Anwendung von Kraft einen Moment lang zu entspannen, andererseits ist die Anwendung angemessener Kraft nach sanften oder entspannenden Phasen notwendig. Auf diese Weise sind die Bewegungen weder steif noch gehemmt oder schlaff und ermüdend.

Durch die Unterscheidung zwischen Sanftheit und Härte wird versucht, in den Übungen eine Kombination aus Festigkeit und Sanftheit zu erreichen. Die Bewegungen sollten mit angemessener Kraft und Sanftheit durchgeführt werden und nicht zu den Extremen tendieren. Übermäßige Kraftanwendung kann zu steifen und gehemmten Bewegungen führen, die sich auf die Atmung und den Geist auswirken, während übermäßige Sanftheit oder Entspannung Trägheit hervorrufen und den angestrebten Effekt abschwächen kann.

Flexibilität bei der Durchführung und Artikulation von „HAI"

Der Bewegungsradius der Übungen des Yi Jin Jing kann an Menschen unterschiedlichen Alters und mit unterschiedlichen körperlichen Voraussetzungen angepasst werden. So können die Praktizierenden zum Beispiel in der Übung ‚Drei Teller fallen zu Boden' selber entscheiden, wie tief sie sich hinhocken. Außerdem sollten die Übungen schrittweise von den einfacheren zu den schwierigeren Übungen durchgeführt werden.

Während sich der Übende in der Übung ‚Drei Teller fallen zu Boden' hinhockt und die Hände nach unten drückt, wird der Ton „Hai" artikuliert. Auf diese Weise sollen Atem und Lebensenergie auf ihrem Weg zum Akkupunkt Dantian, der sich 5 Zentimeter unterhalb des Bauchnabels befindet, unterstützt werden. Außerdem wird so eine Hemmung der unteren Gliedmaßen verhindert, die durch die hockende Bewegung und die zum Kopf zurückfließende Luft verursacht werden kann. Darüber hinaus hilft die Artikulation des Tons, den Akkupunkt Dantian und die Nieren zu kräftigen. Der Ton sollte vom Hals ausgehen und auf den Akkupunkt Yinjiao am Zahnfleisch des Oberkiefers und nicht auf den Akkupunkt Chengjiang am Zahnfleisch des Unterkiefers konzentriert sein.

Die T-Stellung

Stehen Sie mit den Füßen 10 bis 20 Zentimeter auseinander und beugen Sie die Knie, um eine halb-hockenden Position einzunehmen. Heben Sie die Ferse des vorderen Fußes an, wobei die Zehen den Boden neben dem Spann des anderen Fußes berühren. Stehen Sie fest auf dem hinteren Fuß. [Abb. 7]

Abb. 7

Reiterhaltung

Stehen Sie mit den Füßen zwei bis drei Fußbreit auseinander. Nehmen Sie eine halb-hockende Position ein, wobei sich Ihre Oberschenkel etwas höher als waagerecht zum Boden befinden. [Abb. 8]

Abb. 8

Teil 2
Die Übungen (illustriert)

Ausgangsposition

Stehen Sie mit den Füßen zusammen. Die Arme hängen natürlich an der Seite des Körpers. Der Kopf wird, ohne Kraft anzuwenden, nach oben gestreckt, wobei das Kinn leicht eingezogen ist. Lippen und Zähne liegen aufeinander und die Zunge sollte die obere Mundhöhle berühren. Die Augen schauen geradeaus. [Abb. 9]

Abb. 9

Zu berücksichtigen

□ Halten Sie den gesamten Körper aufrecht und entspannt. Atmen Sie ungezwungen. Richten Sie Iihren Blick geradeaus, ohne ein bestimmtes Objekt zu fixieren. Halten Sie Ihren Geist ruhig.

☐ Hände oder Füße befinden sich in der falschen Position. Der Geist ist unruhig.

☐ Passen Sie Ihren Atem mehrfach an, um Körper und Geist auf die Übung vorzubereiten.

☐ Die Übung beruhigt den Geist, passt die Atmung an, entspannt die inneren Organe und richtet den Körper gerade.

Wei Tuo präsentiert den Stab 1

Übung 1

1. Bewegen Sie den linken Fuß einen halben Schritt nach links, so dass die Füße schulterweit auseinander stehen. Beugen Sie die Knie leicht. Die Arme hängen locker an den Seiten. [Abb. 10]

Abb. 10

2. Heben Sie die Arme bis auf Schulterhöhe. Die Handflächen sind einander zugewandt und die Finger zeigen nach vorne. [Abb. 11 und Abb. 11A]

3. und 4. Beugen Sie die Ellbogen, um die Arme zurückziehen zu können. Wobei die Finger in einem 30 Grad Winkel nach oben gerichtet sind. Halten Sie die Handflächen etwa 10 Zentimeter auseinander. Die Handballen befinden sich vor dem Akkupunkt Danzhong. Der Akkupunkt Danzhong befindet sich in der Mitte einer imaginären Linie, welche die Brustwarzen miteinander verbindet. Halten Sie die Achselhöhlen offen. Der Blick ist nach vorne und nach unten gerichtet. [Abb. 12] Verharren Sie einen Moment in dieser Position.

Abb. 11   Abb. 11A   Abb. 12

□ Entspannen Sie die Schultern und halten Sie die Achselhöhlen offen.

□ Halten Sie die Handflächen nahe beieinander vor Ihre Brust und verharren Sie einen Moment in dieser Position, um Ihren Geist zu beruhigen.

Häufige Fehler

□ Zusammenziehen der Schultern und Anheben der Ellbogen oder Entspannen der Schultern und Senken der Ellbogen, wenn die Handflächen vor der Brust einander angenähert werden.

Korrektur

□ Entspannen Sie sich und passen Sie Ihre Bewegungen an. Halten Sie die Achselhöhlen offen, als würden Sie in jeder ein Ei halten.

Funktionen und Auswirkungen

□ In einer alten chinesischen Redensart heißt es: „Wenn du deinen Geist beruhigst, kommt das Qi (innere Energie) wieder." Wenn Sie die Handflächen einander annähern und Ihren Atem anpassen, um sich zu fassen, kann sich der Geist entspannen und die Funktion der Energiezirkulation wird auf beiden Seiten des Körpers koordiniert.

□ Diese Übung unterstützt außerdem das Nervensystem, reguliert die Körperflüssigkeiten, verbessert den Blutkreislauf und wirkt Ermüdung entgegen.

□ Halte deinen Körper aufrecht und bringe deine Handflächen vor der Brust zusammen. Beruhige deinen Atem und beruhige deinen Geist, bis er so klar wie Wasser ist. Stehe aufrecht in grüßender Haltung.[*]

Wei Tuo präsentiert den Stab 2

Übung 2

1. Die Übung schließt unmittelbar an die letzte Position der vorangegangenen Übung an. Heben Sie die Ellbogen an der Seite Ihres Körpers nach oben und halten Sie die Hände auf Schulterhöhe vor der Brust, wobei die Finger aufeinander zeigen und die Handflächen nach unten gerichtet sind. Die Finger berühren einander nicht. [Abb. 13 und 13A]

Abb. 13   Abb. 13A

[*] Aus *Zwölf Illustrationen zu Yi Jin Jing* (易筋经十二图) von Pan Wei, Qing-Dynastie; in: *Empfehlungen zu traditioneller Gesundheitsvorsorge* (中国传统养生珍典) von Ding Jihua, et al.

24

2. Strecken Sie die Arme mit nach unten gerichteten Handflächen aus. Die Finger zeigen nach vorne. [Abb. 14 und 14A]

Abb. 14

Abb. 14A

3. Bewegen Sie die Arme an die Seiten des Körpers, wobei Sie sie auf Schulterhöhe halten. Die Handflächen sind weiter nach unten gerichtet. Die Finger zeigen nun nach rechts und links außen. [Abb. 15]

Abb. 15

Abb. 16

4. Legen Sie die Finger anei-
nander und beugen Sie die Handgelenke, bis sich die Handflächen
vertikal zum Boden befinden und die
Fingerspitzen nach oben zeigen. Der
Blick ist nach vorne und nach unten
gerichtet. [Abb. 16]

Zu berücksichtigen

☐ Wenden Sie Kraft an der Handwurzel an, wenn Sie die Hände
nach links und rechts drücken.
☐ Versuchen Sie mit den Zehen den Boden zu greifen, wenn Sie
die Handgelenke beugen und die Hände nach oben richten.
☐ Atmen Sie frei und beruhigen Sie Ihren Geist.

Häufige Fehler

☐ Die Arme werden nicht bis auf eine waagerechte Position angehoben.

Korrektur

☐ Strecken Sie Ihre Arme bis auf eine Position parallel zu den
Schultern.

☐ Durch das Strecken des Oberkörpers und das Drücken der Handflächen nach außen, werden die Energiebahnen der Gliedmaßen gereinigt. Diese Übung hilft auch, das Qi, die innere Energie, im Herz und in den Lungen zu regulieren. Darüber hinaus verbessert sie die Atmung und die Zirkulation von Blut und Qi.

☐ Die Übung unterstützt außerdem den Aufbau der Schulter- und Armmuskulatur und verbessert die Bewegungsfähigkeit der Schultergelenke.

Antiker Merkspruch

☐ Halte die Arme weit auseinander, wenn du versuchst mit den Zehen den Boden zu greifen. Entspanne deinen Geist und beruhige deine Gedanken, während du geradeaus schaust, aber dich auf das innere Qi konzentrierst.

Wei Tuo präsentiert den Stab 3

Übung 3

1. Diese Übung schließt unmittelbar an die vorangegangenen Übungen an. Entspannen Sie Ihre Handgelenke und bewegen Sie Ihre Arme in einem Bogen vor den Körper. Beugen Sie die Ellbogen

und halten Sie Ihre Arme ungefähr eine Faust breit vor den Brustkorb. Die Handflächen zeigen nach unten. Der Blick ist nach vorne und nach unten gerichtet. [Abb. 17]

2. Drehen Sie die Handflächen nach außen und bewegen Sie sie auf eine Position unterhalb der Ohren. Die Handflächen zeigen nach oben, die Daumen zeigen aufeinander und die Ellbogen befinden sich in etwa auf Höhe der Schultern. [Abb. 18]

Abb. 17   Abb. 18

3. Stellen Sie sich bei angehobenen Fersen auf die Fußballen. Heben Sie die Hände mit nach oben gerichteten Handflächen über den Kopf. Dehnen Sie die Schultern und drücken Sie die Ellbogen durch. Ziehen Sie das Kinn ein, wobei Ihre Zunge den Oberkiefer berührt und Sie die Zähne zusammenbeißen. [Abb. 19 und 19A]

Abb. 19

Abb. 19A

4. Verharren Sie einen Moment lang bewegungslos in dieser Position.

Zu berücksichtigen

☐ Balancieren Sie Ihren Körper auf den Fußballen, wenn Sie die Hände über den Kopf heben. Wenden Sie dabei entlang Ihrer Arme Kraft nach oben und entlang Ihrer Beine Kraft nach unten an. Strecken Sie Ihre Wirbelsäule und verlagern Sie Ihr Körpergewicht leicht nach vorne.

□ Wie hoch die Fersen gehoben werden, kann entsprechend der individuellen körperlichen Kondition älterer Personen oder von Personen mit gesundheitlichen Einschränkungen angepasst werden.

□ Versuchen Sie Konzentration und Energie in Ihre Hände zu leiten, während sie über den Akkupunkt Tianmen, der sich oben auf dem Kopf befindet, hinaus gehoben werden. Der Blick ist geradeaus und nach unten gerichtet. Atmen Sie natürlich.

Häufige Fehler

□ Die Ellbogen sind bei nach oben gestreckten Händen gebeugt.

□ Der Kopf wird angehoben, um nach oben zu schauen.

Korrektur

□ Drücken Sie Ihre Ellbogen durch, so dass Sie mit den Armen die Ohren berühren, wenn Sie Ihre Hände anheben und nach oben drücken.

□ Konzentrieren Sie Ihren Geist auf die Hände, anstatt sie anzuschauen, wenn sie angehoben werden.

Funktionen und Auswirkungen

□ Durch die Bewegung der oberen Gliedmaßen und das Anheben der Fersen, wird das Qi oder die innere Energie der Sanjiao, der drei Körperhöhlen, welche die inneren Organe beherbergen, reguliert. Darüber hinaus wird die gesamte Lebensenergie durch die Sanjiao, die Sanyin-Kanäle an den Händen und Füßen und die drei inneren Organe mobilisiert.

□ Diese Übung hilft außerdem die Bewegungsfähigkeit der Schultergelenke zu verbessern, die Kraft der Muskeln in den Gliedmaßen zu stärken und die allgemeine Blutzirkulation zu beleben.

☐ Stelle dir vor, dass du nach oben schaust, wenn du die Hände über den Tianmen-Punkt nach oben drückst. Stehe auf deinen Fußballen und halte den Oberkörper aufgerichtet. Spanne dein Gesäß und die Seiten des Oberkörpers an. Beiße deine Zähne zusammen. Berühre mit deiner Zunge den Oberkiefer, um Speichel zu produzieren und reguliere deine Atmung durch die Nase. Fühle die Ruhe deines Geistes. Ziehe die Fäuste nun langsam zurück und wende Kraft an, wo es notwendig ist.

Einen Stern pflücken und einen Sternhaufen austauschen

Übung 4

Bewegung der linken Seite

Abb. 20

1. Diese Übung schließt unmittelbar an die vorangegangene Übung an. Senken Sie langsam Ihre Fersen. Ballen Sie Fäuste, wobei die Handkanten nach außen zeigen. Senken Sie die Fäuste. [Abb. 20.] Öffnen Sie die Fäuste und

halten Sie Ihre Handflächen nach unten gerichtet. Entspannen Sie den ganzen Körper. Der Blick ist geradeaus und nach unten gerichtet. [Abb. 21] Drehen Sie Ihren Körper nach links. Beugen Sie die Knie und bewegen Sie den rechten Arm nach unten und vor Ihrem Körper entlang zur Außenseite des linken Hüftknochens, um „einen Stern zu pflücken". Die rechte Hand ist dabei geöffnet. Bewegen Sie den linken Arm von der Seite Ihres Körpers nach unten

Abb. 21

und hinter Ihren Körper. Der Handrücken berührt dabei leicht den an der hinteren Taille gelegenen Akkupunkt Mingmen. Der Blick ist auf die rechte Hand gerichtet. [Abb. 22, 23, 24 und 24A]

Abb. 22

Abb. 23

Abb. 24

Abb. 24A

2. Drücken Sie Ihre Knie durch und stehen Sie aufrecht. Bewegen Sie die rechte Hand vor Ihrem Körper entlang nach oben und nach rechts, bis über Ihren Kopf. Entspannen Sie das Handgelenk und beugen Sie den Ellbogen leicht, wobei die Handfläche nach unten zeigt. Der Zeigefinger sollte nach links und der Mittelfinger vertikal auf den Akkupunkt Jianyu zeigen. Der Akkupunkt Jianyu befindet sich auf dem Schulterblatt. Legen Sie den Rücken der linken Hand auf den Akkupunkt Mingmen und konzentrieren Sie Ihren Geist auf diese Stelle. Folgen Sie Ihrer rechten Hand mit den Augen, wenn Sie sie anheben. Fixieren Sie Ihre Augen auf die Hand, wenn sie ihre Position erreicht hat. [Abb. 25] Verharren Sie einen Moment lang bewegungslos und führen Sie dann Ihre Arme an die Seiten Ihres Körpers. [Abb. 26]

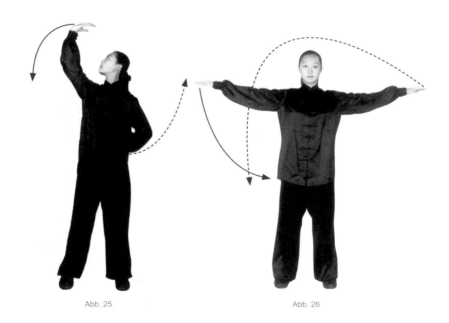

Abb. 25   Abb. 26

Bewegung der rechten Seite

Wiederholen Sie die oben beschriebene Übung mit der rechten Seite. [Abb. 27 und 28]

Abb. 27   Abb. 28

Zu berücksichtigen

☐ Bewegen Sie zuerst Ihre Taille und dann Schultern und Arme, wenn Sie den Körper wenden.

☐ Konzentrieren Sie Ihren Geist auf den Akkupunkt Mingmen, wenn Sie auf Ihre Handfläche schauen. Atmen Sie natürlich.

☐ Die Reichweite der Bewegungen kann für Personen mit Problemen im Hals oder Schulterbereich angepasst werden.

☐ Der Unterleib wird beim Nachobenschauen herausgedrückt.

☐ Unzulängliche und unkoordinierte Bewegungen mit den Armen.

Korrektur

☐ Entspannen Sie die Taille und ziehen Sie den Unterleib ein, wenn Sie nach oben schauen.

☐ Entspannen Sie sich und bewegen Sie die Taille, bevor Sie die Arme bewegen.

Funktionen und Auswirkungen

☐ Die Handflächen nach oben und nach unten zu drehen, und die Augen auf die Handflächen zu fixieren, während der Geist auf den Akkupunkt Mingmen konzentriert ist, hilft Qi, die Lebensenergie, in die Richtung der Nieren und des Akkupunkts Mingmen zu befördern und zu mobilisieren. Diese Übung kann Taille und Nieren stärken und dem Alterungsprozess entgegenwirken.

☐ Außerdem kann die Übung die Bewegungsfähigkeit des Hals-, Schulter- und Taillenbereichs verbessern.

Antiker Merkspruch

☐ Stütze den Himmel mit einer einzigen Hand über dem Kopf und fixiere die Augen auf die Handfläche. Reguliere deinen Atem, indem du durch die Nase einatmest. Wende Kraft an, um deinen Blick von der linken und der rechten Seite abzuwenden.

Neun Kühe an ihren Schwänzen ziehen

Übung 5

1. Diese Übung schließt unmittelbar an die vorherige Übung an. Beugen Sie leicht die Knie. Verlagern Sie Ihr Körpergewicht auf die rechte Seite. Treten Sie in einem Winkel von rund 45 Grad nach links hinten. Drehen Sie die rechte Ferse nach innen. Beugen Sie das rechte Knie und nehmen Sie den Bogenschritt ein. Drehen Sie die linke Hand nach innen. Bewegen Sie sie nach vorne und dann in einem Bogen nach unten und hinter Ihren Körper. Ballen Sie schrittweise eine Faust, indem Sie die Finger, angefangen vom kleinen Finger bis zum Daumen, nacheinander knicken. Halten Sie die Faust dann hoch, wobei die Handkante nach oben zeigt. Bewegen Sie die rechte Hand in einem Bogen nach vorne und aufwärts. Ballen Sie schrittweise eine Faust, indem Sie Ihre Finger angefangen vom kleinen Finger bis zum Daumen knicken. Halten Sie die Faust etwas höher als die Schulter. Die Handkante zeigt nach oben. Fixieren Sie die Augen auf die rechte Faust. [Abb. 29]

Abb. 29

2. Verlagern Sie Ihr Körpergewicht nach hinten. Beugen Sie leicht Ihr linkes Knie. Drehen Sie Ihre Taille etwas nach rechts, bevor Sie zuerst die Schultern und schließlich Ihre Arme drehen. Drehen Sie den rechten Arm nach außen und den linken Arm nach innen. Beugen Sie die Ellbogen, um die Arme zurückzuziehen. Fixieren Sie die Augen auf die rechte Faust. [Abb. 30]

Abb. 30

3. Verlagern Sie das Körpergewicht nach vorne. Beugen Sie das rechte Knie und nehmen Sie den Bogenschritt ein. Drehen Sie die Taille etwas nach links, bevor Sie zuerst die Schultern und schließlich die Arme drehen. Entspannen Sie die Schultern und strecken Sie den rechten Arm nach vorne und den linken Arm nach hinten. Fixieren Sie die Augen auf die rechte Faust. [Abb. 31 und 31A]

Abb. 31   Abb. 31A

Wiederholen Sie die Bewegungen zwei bis drei Mal.

Verlagern Sie Ihr Körpergewicht auf den rechten Fuß. Ziehen Sie den linken Fuß zurück und drehen Sie die Zehen des rechten Fußes nach vorne, um die Ausgangsposition einzunehmen. Die Füße stehen auseinander. Die Arme hängen locker und der Blick ist nach vorne und unten gerichtet. [Abb. 32]

Abb. 32

Wiederholen Sie die oben beschriebenen Bewegungen mit der linken Körperseite. [Abb. 33, 34, 35 und 35A]

Abb. 33

Abb. 34

Abb. 35

Abb. 35A

☐ Wenn Sie sich drehen, beginnen Sie mit der Taille, drehen Sie dann die Schultern und schließlich die Arme. Wenden Sie dabei Kraft an.

☐ Entspannen Sie den Unterleib und richten Sie den Blick auf die jeweilige Handfläche.

☐ Verbinden Sie das Dehnen nach vorne und nach hinten eng mit dem Drehen der Taille. Wenden Sie dabei angemessen Kraft an.

☐ Achten Sie auf Ihr Gleichgewicht, wenn Sie einen Schritt nach hinten machen.

Häufige Fehler

☐ Mit den Armen wird zuviel Kraft angewendet, so dass die Bewegungen steif wirken.

☐ Die Arme werden nicht in die richtige Position gedreht.

Korrektur

☐ Entspannen Sie die Arme, damit die Bewegungen natürlich wirken.

☐ Stellen Sie sicher, dass die Fäuste mit den Handflächen nach außen gestoßen werden, wenn Sie die Arme drehen.

Funktionen und Auswirkungen

☐ Das Drehen der Taille und der Schulterblätter kann Akkupunkte wie Jiaji (17 Punkte auf beiden Seiten der Wirbelsäule), Feishu und Xinshu stimulieren, die damit verbundenen Kanäle reinigen und das Herz und die Lungen trainieren.

41

□ Die koordinierte Bewegung der Gliedmaßen kann die Blutzirkulation im weichen Gewebe fördern und Muskelkraft und Bewegungsfähigkeit verbessern.

□ Bewege die Hüfte vor und zurück und lasse das Qi entspannt im unteren Unterleib zirkulieren. Wende mit deinen Armen Kraft an und konzentriere deine Augen auf die jeweilige Faust.

Seine Klauen zeigen und die Flügel spreizen

Übung 6

1. Diese Übung schließt unmittelbar an die vorherige Übung an. Verlagern Sie Ihr Körpergewicht auf den linken Fuß. Ziehen Sie den rechten Fuß zurück, um mit den Füßen auseinander zu stehen. Drehen Sie den rechten Arm nach außen und den linken Arm nach innen und bewegen Sie Ihre Arme auf Schulterhöhe an die Seite Ihres Körpers. Die Handflächen zeigen nach außen. Bewegen Sie die Arme nun in einem Bogen vor Ihren Brustkorb. Strecken Sie Ihre Finger und führen Sie sie vor dem Akkupunkt Yunmen zusammen. Der Akkupunkt Yunmen befindet sich unter den Schlüsselbeinen. Die Handflächen sind aufeinander gerichtet und die Fingerspitzen zeigen nach oben. Ihre Augen schauen nach vorne und nach unten. [Abb. 36, 37, 37A und 38]

Abb. 36

Abb. 37

Abb. 37A

Abb. 38

Abb. 39

2. Dehnen Sie Schultern und Brustkorb. Entspannen Sie die Schultern. Strecken Sie die Arme langsam nach vorne. Drehen Sie die Handflächen nach vorne, um Lotusblätter zu formen, indem Sie Ihre Finger vollständig strecken und spreizen. Lassen Sie Ihre Augen funkeln. [Abb. 39 und 39A]

44

Abb. 39A

3. Lockern Sie die Handgelenke. Beugen Sie die Ellbogen und ziehen Sie die Arme zurück, um vor dem Akkupunkt Yunmen Lotusblätter zu bilden. Der Blick ist nach vorne und unten gerichtet. [Abb. 40, 40A und 41]

Abb. 40

Abb. 40A

Abb. 41

Wiederholen Sie den zweiten und den dritten Punkt drei bis sieben Mal.

☐ Halten Sie den Körper gerade, lassen Sie Ihre Augen funkeln und wenden Sie, wenn Sie die Hände nach vorne bewegen, durch Ihre Handflächen innere Kraft an, als würden Sie zuerst ein Fenster und dann ein schweres Tor öffnen. Ziehen Sie Ihre Hände zurück, wie sich das Wasser bei Ebbe zurückzieht.

☐ Formen Sie Lotusblätter, wenn Sie die Hände nach vorne bewegen und formen Sie Weidenblätter, wenn Sie die Hände vor den Akkupunkt Yunmen zurückziehen.

☐ Atmen Sie natürlich ein, wenn Sie die Hände zurückziehen und atmen Sie tief ein, wenn Sie die Hände nach vorne bewegen.

Häufige Fehler

☐ Der Brustkorb ist nicht vollständig gedehnt.

☐ Wenn die Hände nach vorne bewegt werden, wird körperliche Kraft statt innerer Kraft angewendet.

☐ Angespannte Atmung.

46

Korrektur

☐ Ziehen Sie die Schulterblätter ein, wenn Sie Ihre Hände nach vorne bewegen.

☐ Strecken Sie Ihre Hände aus, als würden Sie zuerst ein Fenster und dann ein schweres Tor aufstoßen.

☐ Atmen Sie aus, wenn Sie Ihre Arme ausstrecken und atmen Sie ein, wenn Sie sie zurückziehen.

☐ In der Theorie der traditionellen chinesischen Medizin heißt es, „die Lungen sind das Heim des Qi und für die Atmung verantwortlich." Die Bewegung der Arme, Hände, Schultern und des Brustkorbs hilft, Akkupunkte wie Yunmen und Zhongfu (unter Yunmen) zu öffnen und zu schließen. Sie fördern das Zusammenlaufen von frischer Luft und dem inneren Qi des Körpers in der Brust, wodurch sie die Atmung und die Zirkulation von Blut und des inneren Qi verbessern.

☐ Diese Übung verbessert außerdem die Muskelkraft in dem Brustkorb, dem Rücken und den oberen Gliedmaßen.

Antiker Merkspruch

☐ Strecke den Körper, lasse die Augen funkeln und stoße die Hände kraftvoll nach vorne. Wende Kraft an, wenn du die Hände zurückziehst.

Wiederholen Sie diese Übung sieben Mal.

Neun Geister ziehen Schwerter

Übung 7

1. Die Übung schließt unmittelbar an die vorangegangene Übung an. Wenden Sie den Körper nach rechts. Drehen Sie Ihre rechte

Hand nach außen. Die Handfläche zeigt nach oben. Drehen Sie nun die linke Hand, mit nach unten gerichteter Handfläche nach innen. [Abb. 42 und 42A] Bewegen Sie die rechte Hand von der Vorderseite Ihres Brustkorbs, über die rechte Achselhöhle hinter Ihren Körper. Die

Abb. 42

Abb. 42A

Handfläche zeigt nach außen. Bewegen Sie die linke Hand von der Vorderseite der Brust nach vorne. Die Handfläche zeigt nach außen. [Abb. 43 und 43A] Drehen Sie den Körper leicht nach links. Heben Sie die rechte Hand entlang der rechten Seite des Körpers bis vor den Kopf. Beugen Sie den Ellbogen. Führen Sie die Hand in einem Halbkreis um Ihren Kopf, um das linke Ohr zu bedecken. Bewegen Sie die linke Hand von der linken Körperseite nach unten und links hinter den Körper. Beugen Sie den Ellbogen. Berühren Sie mit dem Rücken der linken Hand die Wirbelsäule. Die Handfläche zeigt nach hinten und die Finger sind nach oben gerichtet. Drehen Sie den Kopf nach rechts. Drücken Sie mit dem Mittelfinger der rechten Hand auf das linke Ohr. Drücken Sie leicht auf den Akkupunkt Yuzhen am Hinterkopf. Halten

Abb. 43

Abb. 43A

Sie Ihren Blick starr auf die rechte Hand. Richten Sie ihn auf die linke Hand, wenn die Bewegung vollendet ist. [Abb. 44, 45 und 45A]

Abb. 44

Abb. 45

Abb. 45A

2. Drehen Sie den Körper nach rechts. Dehnen Sie Arme und Brustkorb. Der Blick ist nach rechts oben gerichtet. Verharren Sie einen Moment in dieser Position. [Abb. 46]

3. Beugen Sie die Knie. Drehen Sie den Oberkörper nach links. Ziehen Sie den rechten Arm zurück und den Brustkorb zusammen. Schieben Sie die linke Hand so weit wie möglich an der Wirbelsäule entlang. Richten Sie den Blick auf die rechte Ferse. Verharren Sie einen Moment in dieser Position. [Abb. 47 und 47A]

Abb. 46

Abb. 47

Abb. 47A

Wiederholen Sie den zweiten und den dritten Punkt drei Mal.

Drücken Sie die Knie durch und drehen Sie den Körper nach vorne. Bewegen Sie die rechte Hand über den Kopf und dann auf die rechte Seite bis auf Schulterhöhe nach unten. Heben Sie gleichzeitig die linke Hand von der Seite des Körpers ebenfalls bis auf Schulterhöhe. Beide Handflächen zeigen nach unten. Der Blick ist nach vorne und unten gerichtet. [Abb. 48]

Abb. 48

Bewegung der linken Seite

Vollziehen Sie die oben beschriebenen Bewegungen mit der linken Seite. [Abb. 49, 50 und 51]

Abb. 49

Abb. 50

Abb. 51

☐ Wenden Sie soviel Kraft wie möglich an, wenn Sie sich in die verschiedenen Richtungen dehnen. Biegen und spannen Sie Ihren Körper auf eine koordinierte und ungezwungene Weise.

☐ Atmen Sie natürlich, wenn Sie den Brustkorb und die Arme dehnen. Atmen Sie auch auf natürliche Weise aus, wenn Sie die Schultern entspannen und die Arme schließen.

☐ Atmen Sie auf natürliche Weise aus, wenn Sie die Arme schließen und anheben. Atmen Sie auf natürliche Weise ein, wenn Sie den Körper anheben und die Arme ausbreiten.

☐ Wie weit der Kopf gebeugt und gewendet wird, kann entsprechend den körperlichen Voraussetzungen des Übenden angepasst werden. Diese Übung sollte von älteren oder körperlich geschwächten Übenden sowie von Personen mit Problemen im Nackenbereich oder mit Bluthochdruck einfach und langsam vollzogen werden.

Häufige Fehler

☐ Die hinter dem Körper gehaltene Hand wird entspannt, wenn die Knie gebeugt und die Arme geschlossen werden.

☐ Das Körpergewicht wird auf eine Seite verlagert, wenn die Knie gebeugt werden, um in die Hocke zu gehen.

☐ Der Kopf wird zu weit nach rechts oder links gedreht.

Korrektur

☐ Drücken Sie die Hand hinter Ihrem Rücken nach oben, wenn Sie die Arme schließen.

☐ Halten Sie Ihr Körpergewicht unverändert, wenn Sie den Körper heben und senken.

☐ Bleiben Sie während der ganzen Übung entspannt und vermeiden Sie Ihren Kopf zu weit zu wenden.

Funktionen und Auswirkungen

☐ Wenn der Körper gebeugt und gedehnt wird, werden die Kanäle des Qi, der inneren Energie, auf rhythmische Weise geöffnet und geschlossen. Dabei werden Milz und Magen massiert und die Nieren gestärkt. Die Bewegungen helfen darüber hinaus, wichtige Akkupunkte wie Yuzhen und Jiaji zu reinigen.

☐ Die Übung fördert die Muskelkraft im Bereich von Hals, Schultern, Taille und Rücken und verbessert dadurch auch die Beweglichkeit der verschiedenen Gelenke in diesem Bereich.

Antiker Merkspruch

☐ Wende den Kopf, beuge den Oberarm und halte den Kopf und den Hals. Ziehe die Hand von deinem Kopf zurück und wende soviel Kraft wie möglich an. Wechsle deine Position von rechts nach links, während du den Körper aufrecht hältst und natürlich atmest.

Drei Teller fallen zu Boden

Übung 8

Setzen Sie den linken Fuß einen Schritt nach links, so dass die Füße schulterweit auseinander stehen. Die Zehen zeigen nach vorne. Der Blick ist geradeaus und nach unten gerichtet. [Abb. 52]

1. Beugen Sie die Knie und nehmen Sie eine hockende Haltung an. Entspannen Sie gleichzeitig die Schultern und senken Sie die Ellbogen. Senken Sie die Hände bis auf die Höhe des Akkupunkts Huantiao, auf der oberen Außenseite der Oberschenkel. Beugen Sie leicht die Ellbogen. Die Handflächen zeigen nach unten und die Finger nach außen. Der Blick ist geradeaus und nach unten gerichtet. [Abb. 53] Atmen Sie aus, um den Laut „HAI" zu erzeugen. Legen Sie die Zunge zum Ende des Lautes zwischen die oberen und die unteren Zähne.

Abb. 52   Abb. 53

2. Drehen Sie die Handflächen nach oben. Beugen Sie die Ellbogen leicht und heben Sie die Arme an den Seiten bis auf Schulterhöhe. Stehen Sie langsam auf. Der Blick ist geradeaus gerichtet. [Abb. 54
und 55]

Abb. 54

Abb. 55

Wiederholen Sie den ersten und den zweiten Punkt drei Mal. Hocken Sie sich beim ersten Mal [Abb. 56] nur leicht, beim zweiten Mal [Abb. 57] halb und beim dritten Mal [Abb. 58] vollständig hin.

Abb. 56

Abb. 57

Abb. 58

☐ Entspannen Sie die Taille und ziehen Sie Ihr Gesäß ein, wenn Sie sich hinhocken, als würden Sie ein schweres Gewicht in den Händen halten. Stellen Sie sich, auch wenn Sie aufstehen, vor, dass Sie ein schweres Gewicht halten.

☐ Erhöhen Sie schrittweise, wie weit Sie zur Hocke in die Knie gehen. Die Tiefe der Hocke kann von älteren und gebrechlichen Menschen entsprechend ihren jeweiligen körperlichen Voraussetzungen angepasst werden. Junge Übende sollten halb oder ganz in die Hocke gehen.

☐ Halten Sie den Oberkörper gerade. Vermeiden Sie zu schwanken, wenn Sie sich hinhocken oder sich aufrichten.

☐ Öffnen Sie leicht den Mund, wenn Sie den Laut „HAI" aussprechen. Wenden Sie Kraft auf den am Oberkiefer gelegenen Akkupunkt Yinjiao an. Entspannen Sie die Unterlippe. Auf den Akkupunkt Chengjiang am Zahnfleisch des Unterkiefers sollte keine Kraft angewendet werden. Der Laut sollte mit dem Hals erzeugt werden.

☐ Halten Sie den Mund geschlossen, wenn Sie mit den Augen funkeln. Legen Sie die Zunge an den Gaumen. Halten Sie den Körper aufrecht und entspannt.

59

☐ Wenn beim Hinhocken die Handflächen nach unten gedrückt werden, werden die Arme steif gehalten.

☐ Es wird vergessen, den Laut „HAI" auszustoßen.

□ Beugen Sie die Ellbogen leicht und drücken Sie die Handflächen horizontal nach unten, wenn Sie sich hinhocken.

□ Stoßen Sie den Laut „HAI" aus, wenn Sie sich hinhocken.

Funktionen und Auswirkungen

□ Das Beugen und Dehnen der unteren Gliedmaßen zusammen mit der Aussprache des Lautes „HAI" hilft, das Qi, die innere Energie, im Brustkorb und im Unterleib zu heben und zu senken. Außerdem wird der Austausch von Flüssigkeiten des Herz und der Nieren sowie die Interaktion der beiden Organe unterstützt.

□ Darüber hinaus werden Taille, Nieren, Unterleib und untere Gliedmaßen gekräftigt und das Qi beim Akkupunkt Dantian (ca. fünf Zentimeter unterhalb des Bauchnabels) gestärkt.

Antiker Merkspruch

□ Lege die Zunge an den Gaumen und konzentriere deinen Geist auf die Zähne, wenn du mit den Augen funkelst. Stelle die Füße auseinander, wenn du dich hinhockst und stelle dir vor, dass deine Hände ein schweres Gewicht halten. Wenn du die Handflächen nach oben drehst, stelle dir vor, dass sie ein schweres Gewicht tragen. Lasse die Augen funkeln, während dein Mund geschlossen ist. Stehe mit geraden Füßen.

Der schwarze Drache zeigt seine Klauen

Übung 9

1. Die Übung schließt unmittelbar an die vorangegangene Übung an. Ziehen Sie den linken Fuß einen halben Schritt nach hinten. Die Füße stehen schulterbreit auseinander. [Abb. 59] Ballen Sie Fäuste und platzieren Sie die Fäuste mit der Seite an der sich der kleine Finger befindet, an die Zhangmen-Akkupunkte, an der Seite der Taille. Die Handflächen zeigen nach oben. Der Blick ist geradeaus und nach unten gerichtet. [Abb. 60] Öffnen Sie die rechte Faust.

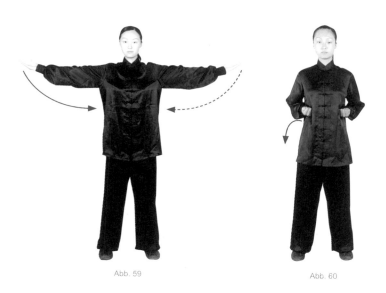

Abb. 59   Abb. 60

Abb. 61

Strecken Sie den rechten Arm
und bewegen Sie ihn nach unten
zur äußeren rechten Seite. Heben
Sie den Arm nun bis zu einer Po-
sition knapp unter Schulterhöhe.
Die Handfläche zeigt nach oben.
Fixieren Sie Ihren Blick auf die
Hand. [Abb. 61 und 62]

Abb. 62

Wiederholen Sie den zweiten und den dritten Punkt drei Mal. Wenn Sie den Oberkörper nach vorne neigen, erhöhen Sie allmählich die Reichweite der Bewegungen. Verharren Sie für einen Moment. Beugen Sie den Oberkörper beim ersten Mal weniger als 90 Grad, beim zweiten Mal rund 90 Grad und beim dritten Mal mehr als 90 Grad. [Abb. 88, 88A, 89, 89A, 90 und 90A]

Abb. 88

Abb. 88A

Abb. 89   Abb. 89A

Abb. 90   Abb. 90A

Je nach körperlicher Kondition kann der Oberkörper auch nur um nacheinander 30 Grad, 45 Grad und 90 Grad geneigt werden.

Zu berücksichtigen

☐ Halten Sie die Knie durchgedrückt und drehen Sie die Ellbogen nach außen, wenn Sie den Oberkörper beugen.

☐ Versuchen Sie Ihre Wirbelsäule zu dehnen und zu beugen, so dass Hals und Kopf gebogen sind wie ein Haken, wenn Sie den Oberkörper nach vorne neigen. Dehnen Sie allmählich Ihre Wirbelsäule, vom Steißbein aufwärts, wenn Sie den Körper nach hinten neigen.

☐ Der Neigungswinkel sollte den körperlichen Voraussetzungen älterer und gebrechlicher Übender angepasst werden.

Häufige Fehler

☐ Wenn der Oberkörper gebeugt und aufgerichtet wird, beugt der Übende die Knie oder bewegt sich zu schnell.

Korrektur

☐ Entspannen Sie Körper und Geist, wenn Sie den Oberkörper beugen und anheben. Halten Sie die Beine gestreckt.

81

Funktionen und Auswirkungen

☐ Laut der Theorie der traditionellen chinesischen Medizin ist der Dumai-Meridian, das Lenkergefäß, einer der Yang-Meridiane. Er reguliert das Qi, die Lebensenergie, die durch die Yang-Meridiane fließt, darunter auch die, die durch Hals-, Brust- und Lendenwirbelsäule bis in das Steißbein reichen. Wird die Übung vollständig ausgeführt, wird das gesamte Qi, die Lebensenergie, in diesen Kanälen mobilisiert und durch den ganzen Körper geleitet, wo es die allgemeine Gesundheit und Fitness verbessert.

☐ Beuge den Oberkörper nach unten bis auf die Höhe der Knie und halte dabei mit beiden Händen deinen Kopf. Senke den Kopf und beiße die Zähne aufeinander. Berühre mit der Zunge den Gaumen und übe auf deine Ellbogen Kraft aus. Bedecke die Ohren, um dein Gehör zu verbessern. Reguliere den Energiekreislauf, um den Geist zu beruhigen.

Mit dem Schwanz wedeln

Übung 12

Diese Übung schließt unmittelbar an die vorangegangene Übung an. Stehen Sie aufrecht und nehmen Sie mit einer geschickten Bewegung die Hände von den Ohren. [Abb. 91] Strecken Sie die Arme mit ineinander verwobenen Fingern nach vorne. Die Hand-

Abb. 91

flächen sind in Richtung des Übenden gerichtet. [Abb. 92 und 93] Beugen Sie die Ellbogen und strecken Sie die Hände aus. Die Handflächen sind nun nach außen gerichtet. [Abb. 94 und 94A] Beugen Sie die Ell-

Abb. 92

Abb. 93

Abb. 94

Abb. 94A

bogen, drehen Sie die Handflächen nach unten und ziehen Sie die Hände bis vor den Brustkorb zurück. Neigen Sie den Oberkörper nach vorne, spannen Sie die Taille an und heben Sie den Kopf. Drücken Sie die Hände langsam und mit ineinander verschränkten Fingern nach unten. Der Blick ist geradeaus gerichtet. [Abb. 95, 96 und 96A]

Abb. 95

Abb. 96

Abb. 96A

Ältere und gebrechliche Übende können den Oberkörper auch mit erhobenem Kopf nach vorne neigen und die Hände langsam bis auf Höhe der Knie nach unten drücken.

Abb. 97

1. Drehen Sie den Kopf nach links, um nach hinten zu gucken. Bewegen Sie gleichzeitig das Gesäß nach vorne links. Schauen Sie in Richtung Kreuzbein. [Abb. 97 und 97A]

Abb. 97A

2. Halten Sie die Finger ineinander verschränkt. Entspannen Sie dann die Handflächen und heben Sie den Kopf, um nach vorne zu sehen. [Abb. 98]

Abb. 98

3. Drehen Sie den Kopf nach rechts hinten. Bewegen Sie gleichzeitig Ihr Gesäß nach rechts. Schauen Sie in Richtung Kreuzbein. [Abb. 99]

4. Halten Sie die Finger ineinander verschränkt. Entspannen Sie Ihre Handflächen und heben Sie Ihren Kopf, um nach vorne zu schauen. [Abb. 100]

Abb. 99

Abb. 100

Wiederholen Sie die Punkte 1 bis 4 je drei Mal.

Zu berücksichtigen

☐ Drehen Sie den Kopf und bewegen Sie Ihr Gesäß so, dass Kopf und Gesäß sich aufeinander zu bewegen.

☐ Der Kopf sollte langsam bewegt werden. Die Reichweite der Kopfbewegung sollte für ältere und gebrechliche Übende sowie Personen mit Bluthochdruck oder Problemen im Nackenbereich reduziert werden. Das Beugen des Körpers und das Bewegen des Gesäßes können der körperlichen Kondition des Übenden angepasst werden.

☐ Koordinieren Sie die Bewegungen mit natürlicher Atmung. Der Geist sollte auf die Bewegungen konzentriert sein.

□ Kopf und Arme werden auf eine falsche Weise bewegt.

□ Hände und Körpergewicht werden nach rechts oder links bewegt.

Korrektur

□ Halten Sie die ineinander verschränkten Hände stabil, nachdem Sie sie nach unten gedrückt haben. Versuchen Sie, die Koordination zwischen Schulter und Hüftknochen der selben Körperseite zu spüren.

Funktionen und Auswirkungen

□ Durch das Beugen des Körpers, das Heben des Kopfes und das Schwingen des Gesäßes nach rechts und links, kann die Lebensenergie besonders in den Meridianen Dumai und Renmai aber auch in allen anderen Kanälen des Körpers integriert werden. Diese Übung lockert den ganzen Körper und führt zu vollständiger Entspannung.

□ Die Übung kann außerdem die Kraft der Muskulatur in der Taillengegend und des Rückens stärken und die Beweglichkeit der verschiedenen Gelenke und Muskeln entlang der Wirbelsäule verbessern.

87

Antiker Merkspruch

□ Strecke deine Knie, spreize deine Arme und drücke die Hände bis auf den Boden. Hebe den Kopf, lasse deinen Augen funkeln und halten deinen Geist konzentriert.

Abschlussposition

1. Diese Übung schließt unmittelbar an die vorangegangene Übung an. Lockern Sie Ihre Finger, strecken Sie die Arme nach außen und stehen Sie aufrecht. Heben Sie dann die gestreckten Arme bis auf Schulterhöhe zur Seite. Die Handflächen zeigen nach oben. Heben Sie die Arme über den Kopf, wobei die Ellbogen gebeugt sind und die Handflächen nach unten zeigen. Der Blick ist nach vorne und nach unten gerichtet. [Abb. 101, 102 und 103]

Abb. 101

Abb. 102

Abb. 103

2. Entspannen Sie die Schultern. Beugen Sie die Ellbogen und ziehen Sie die Hände über Kopf, Gesicht und Brustkorb bis vor den Unterleib zurück. Die Handflächen zeigen nach unten. Der Blick ist geradeaus und nach unten gerichtet. [Abb. 104]

Wiederholen Sie die beiden Punkte je drei Mal.

Abb. 104

Entspannen Sie die Arme und lassen Sie sie an den Seiten des Körpers hängen. Ziehen Sie den linken Fuß zurück und stehen Sie aufrecht. Die Füße stehen zusammen. Die Zunge liegt auf dem Gaumen. Der Blick ist geradeaus gerichtet. [Abb. 105]

Abb. 105

☐ Wenn Sie Ihre Hände die ersten zwei Mal nach unten bewegen, konzentrieren Sie Ihren Geist durch die Yongquan-Akkupunkte an den Fußsohlen auf die Bewegung in Richtung Boden. Bei der dritten Bewegung der Hände nach unten, sollte der Geist der Bewegung bis zum Unterleib folgen, aber dann dort verweilen.

☐ Die Bewegung der Hände nach unten sollte langsam und gleichmäßig vollzogen werden.

Häufige Fehler

☐ Der Kopf wird beim Anheben der Arme ebenfalls angehoben.

Korrektur

☐ Halten Sie den Kopf aufrecht und schauen Sie geradeaus und nach unten.

Funktionen und Auswirkungen

☐ Das Anheben der Hände leitet Qi, die Lebensenergie, zurück zum Akkupunkt Dantian, der sich etwa fünf Zentimeter unterhalb des Bauchnabels befindet.

☐ Die Übung hilft außerdem alle Muskeln und Gelenke des Körpers zu entspannen.

Anhang:

In dem Buch erwähnte Akkupunkte

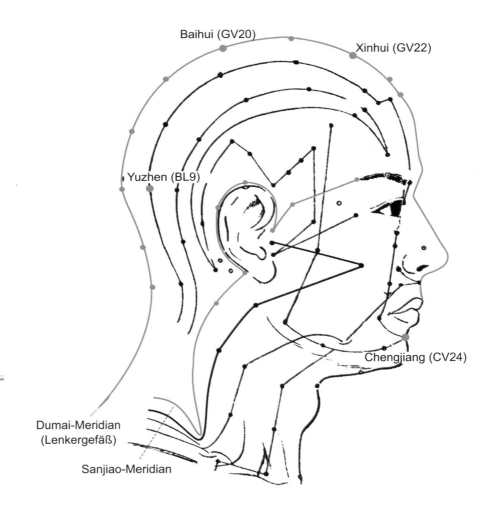

Baihui (GV20)

Xinhui (GV22)

Yuzhen (BL9)

Chengjiang (CV24)

92

Dumai-Meridian
(Lenkergefäß)

Sanjiao-Meridian

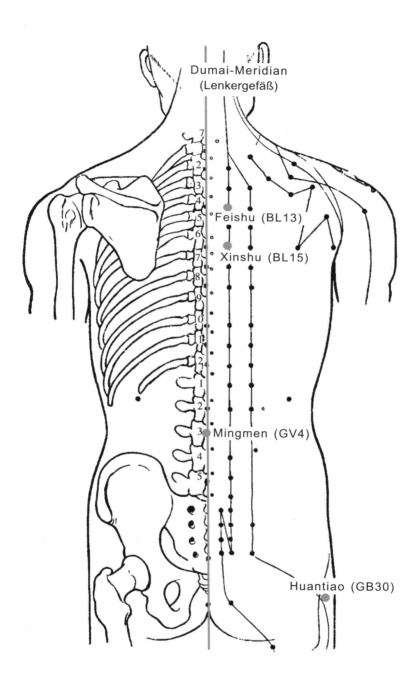

Dumai-Meridian
(Lenkergefäß)

Feishu (BL13)

Xinshu (BL15)

Mingmen (GV4)

Huantiao (GB30)

93

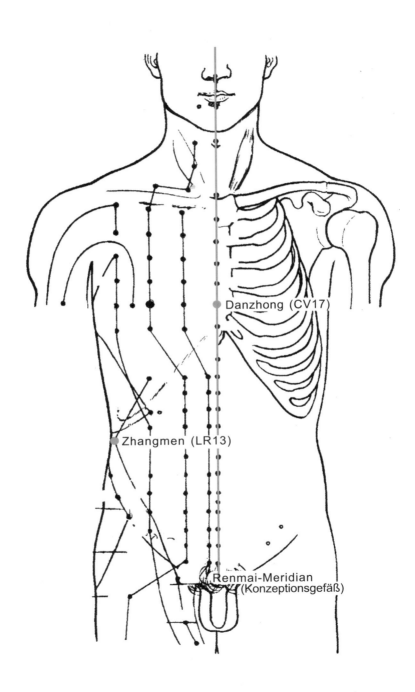

Danzhong (CV17)

Zhangmen (LR13)

Renmai-Meridian
(Konzeptionsgefäß)

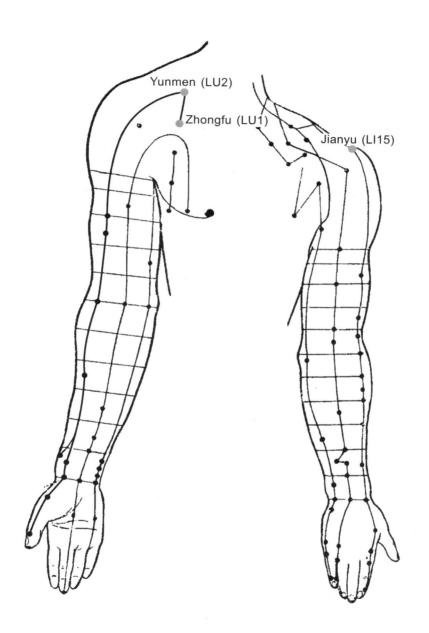

Yunmen (LU2)

Zhongfu (LU1)

Jianyu (LI15)

图书在版编目（CIP）数据

易筋经：德文／国家体育总局健身气功管理中心编．
北京：外文出版社，2008
（健身气功丛书）
ISBN 978-7-119-05430-8
Ⅰ.易... Ⅱ.国 ... Ⅲ.易筋经（古代体育）-德文 Ⅳ.G852.9
中国版本图书馆CIP数据核字（2008）第114206号

德文翻译：Dorian Liedtke
德文审定：任树银
责任编辑：杨春燕　付　瑶
印刷监制：冯　浩

健身气功——易筋经
国家体育总局健身气功管理中心 编

© 2008外文出版社
出版发行：
外文出版社（中国北京百万庄大街24号）
邮政编码：　100037
网址：http://www.flp.com.cn
电话：008610-68320579（总编室）
　　　008610-68995852（发行部）
　　　008610-68327750（版权部）
制版：
北京维诺传媒文化有限公司
印刷：
北京外文印刷厂

开本：787mm×1092mm　1/16　印张：6.5
2008年第1版第1次印刷
（德文）
ISBN 978-7-119-05430-8
08500（平装）
14-G-3785P